Otros libros de la misma autora:

El cazo de Lorenzo
Detrás del muro

Título original: La petite mauvaise humeur
© Bilboquet-Valbert, 2011
© EDITORIAL JUVENTUD, S. A., 2012
Provença, 101 - 08029 Barcelona
info@editorialjuventud.es
www.editorialjuventud.es

Traducción: Teresa Farran
Primera edición, 2012
ISBN 978-84-261-3945-0
DL B 23220-2012
Núm. de edición de E. J.: 12.540
Printed in Spain
A.V.C. Gràfiques, Avda. Generalitat, 39
Sant Joan Despí (Barcelona)

Un poco de mal humor

Isabelle Carrier

editorial juventud

Barcelona

Cuando Pit

encontró a Pat,

enseguida tuvieron
ganas de hacer un trozo de
camino juntos.

Se llevaban tan bien…

... que se hicieron inseparables.

Su barca era suficiente
para los dos.

La vida era alegre…

y dulce.

¡Nada les podía pasar!

¡Pluf!

Pero, poco a poco,
el viaje se volvió monótono.

¡Pluf!

Pit y Pat
ya no se llevaban tan bien.

Y de esta manera
apareció entre ellos
un poco de mal humor…

que empezó a crecer…

... y a crecer.

El mal humor creció tanto…

… ¡que de repente la barca se partió!

¿Qué podían hacer para volver a encontrarse?

Cada uno agarró el hilo del problema por un extremo,

y se pusieron a deshacer todos los nudos, uno por uno, con delicadeza.

No fue fácil.

Les llevó tiempo.

Pero cuando Pit y Pat se volvieron a encontrar,

estaban tan contentos,

¡que el mal humor
desapareció por completo!